Kòng-thûi-á-liông Chhōe Ma-ma

損槌仔龍 Chhōe 媽媽

文 / **Tâi-oân ê ma-ma**

圖 / **A-ú**

QRCODE
請掃我 · 聽語音

本冊榮獲　文化部　補助
MINISTRY OF CULTURE

國家圖書館出版品預行編目（CIP）資料

摃槌仔龍 Chhōe 媽媽 /Tâi-oân ê ma-ma 文；A-ú 圖
-- 初版 -- 臺南市：亞細亞國際傳播社
2018.07
面；公分
ISBN：978-986-94479-2-8　　（精裝）
1. 臺語 2. 讀本
803.38　　　　　　　107010343

Kòng-thûi-á-liông chhōe ma-ma
摃槌仔龍 Chhōe 媽媽

顧　　問/ 蔣為文 成功大學台灣語文測驗中心主任
主　　編/ Tiuⁿ, Giók-phêng
作　　者/ Tâi-oân ê ma-ma
繪　　圖/ A-ú
校　　對/ Tân, Bō˙-chin
翻　　譯/ 英文 蘇代千
　　　　　日文 勝村亞紀
　　　　　越文 蔡氏清水
出　　版/ 亞細亞國際傳播社
網　　址/ http://www.atsiu.com
電　　話/ 06-2349881
傳　　真/ 06-2094659
出版日期/ 公元2018年7月初版第1刷，2020年11月再版
定　　價/ 新台幣260元
ＩＳＢＮ/ 978-986-94479-2-8

本冊榮獲  文化部 MINISTRY OF CULTURE 補助

Kòng-thûi-á-liông Chhōe Ma-ma
摃槌仔龍 Chhōe 媽媽

文 / **Tâi-oân ê ma-ma**
圖 / **A-ú**

Ū chi̍t lia̍p nn̄g phòa--khì à,
sī siáng?

Goân-lâi sī

Kòng-thûi-á-liông.

Góa 2 ki kha,

lí 4 ki kha.

Góa sī **Chhì-liông**,

m̄ sī lí ê ma-ma.

Lí chiok tōa ê neh,

lí kám sī góa ê ma-ma?

Góa ê bóe-á ū chhak-chhak
m̄-koh bô kòng-thûi-á.

Góa sī **Kiàm-liông**,
m̄ sī lí ê ma-ma.

10

Lí 4 ki kha,

góa mā 4 ki kha.

Lí kám sī góa ê ma-ma?

Góa ū chha̍k-chha̍k mā ū kiàm-pang,
m̄-koh bô kòng-thûi-á.

Góa sī **Khián-liông**,

m̄ sī lí ê ma-ma.

Lí ê sin-khu ū chha̍k-chha̍k,

góa mā ū.

Lí kám sī góa ê ma-ma?

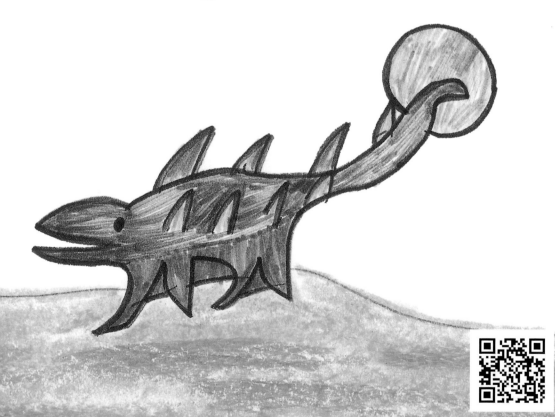

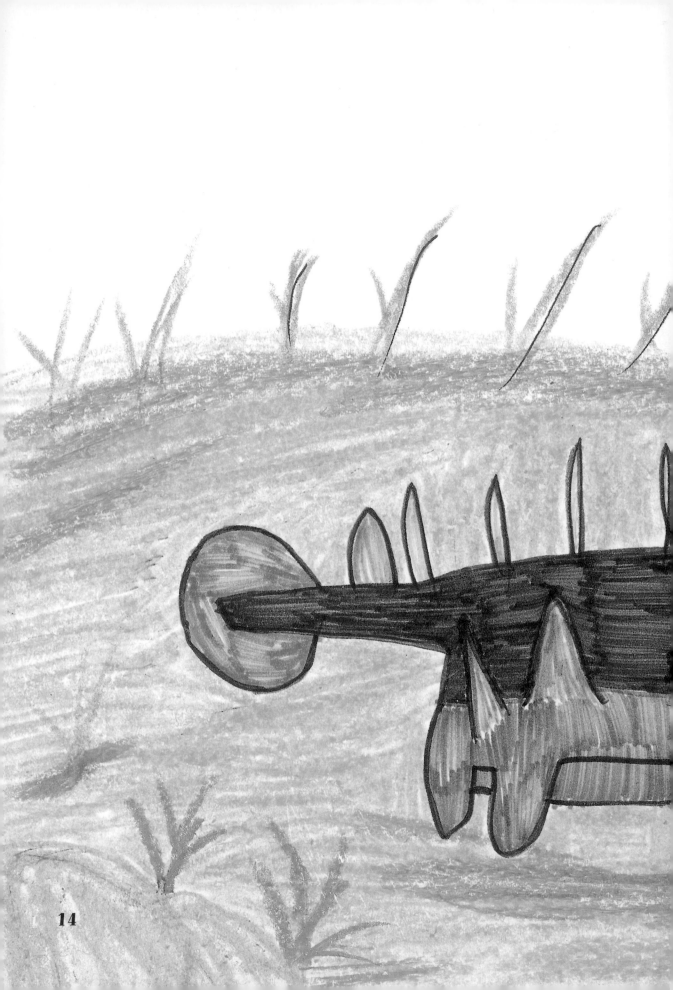

Chhōe bô ma-ma neh…
Seng lâi hioh-khùn chi̍t-ē
chia̍h tiám-sim!

Góa ū tn̂g-tn̂g ê phīⁿ-kóng thâu-kòe, m̄-koh bô kòng-thûi-á.

Góa sī **Phīⁿ-kóng-liông**, m̄ sī lí ê ma-ma.

QRCODE
請掃我・聽語音

Lí ài chiảh chháu,

góa mā ài chiảh chháu.

Lí kám sī góa ê ma-ma?

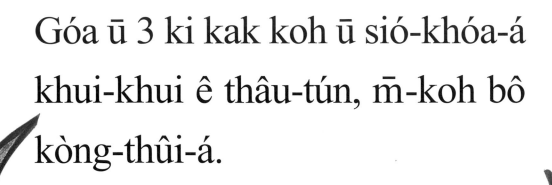

Góa ū 3 ki kak koh ū sió-khóa-á
khui-khui ê thâu-tún, m̄-koh bô
kòng-thûi-á.

Góa sī **Khui-kak-liông**,
m̄ sī lí ê ma-ma.

Lí ê thâu ū chiam-chiam ê kak,
góa mā ū.
Lí kám sī góa ê ma-ma?

Góa ê kòng-thûi-á ū 5 oân.

Góa sī **Pau-thâu-liông**,

m̄ sī lí ê ma-ma.

Kòng-thûi-á!

Lí ū kòng-thûi-á!

Lí kám sī góa ê ma-ma?

Ma-ma leh?

QRCODE
請掃我‧聽語音

Goân-lâi sī

chit-tīn chiàh bah ê **Cháu-liông**!

Hn̄g-hn̄g cháu lâi chı̍t tīn dinosaur,
m̄-chai sī siáng?

Kòng-thûi-á-liông kia^n kah
tōa sia^n kiò：

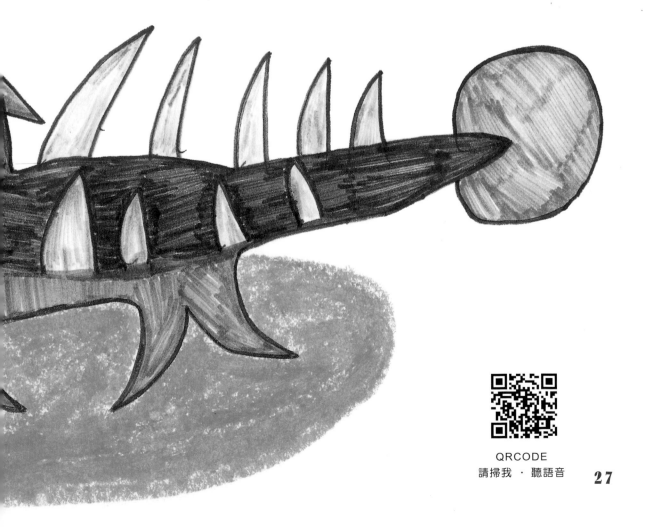

QRCODE
請掃我 · 聽語音

Tī hū-kīn ê **Kòng-thûi-á-liông**
ma-ma thiaⁿ--tio̍h:

Siáⁿ-mi̍h siaⁿ?
Kám-sī...?

QRCODE
請掃我 ・ 聽語音

Tú-tio̍h hûi-hiám ê sî-chūn, tio̍h-
sī ài án-ne kòng.

Kòng-thûi-á sī pó-hō͘ lán
siōng hó ê bú-khì.

Chiok chán--ê!

Chhōe tio̍h ma-ma ah!

The Baby Ankylosaurus Looks for Its Mommy

01. An egg has hatched. What is it?

02. Oh! It's an **Ankylosaurus**.

03. You are pretty big. Are you my mommy?

    I have two legs, you have four.

    I am a **Spinosaurus,** not your mommy.

04. You have four legs, I have four legs too, are you my mommy?

    My tail has thorns, but no hammer.

    I am a **Stegosaurus**, not your mommy.

05. You have thorns on your body, and so do I. Are you my mommy?

    I have thorns, and a sword, but no hammer.

    I am a **Kentrosaurus**, not your mommy.

06. Can't find my mommy...

    I want to take a rest, and have a snack.

07. You like to eat grass, and I do too. Are you my mommy?

    I have a long tube over my nose, but no hammer.

    I am a **Parasaurolophus**, not your mommy.

08. Your head has sharp horns, just like me. Are you my mommy?

I have three horns and a little open head shield, but no hammer.

I am a **Chasmosaurus**, not your mommy.

09. I see a hammer! A hammer! Are you my mommy?

My hammer has five balls.

I am a **Euoplocephalus**, not your mommy.

10. Where's Mommy?

11. Then a bunch of dinosaurs appeared from a distance. Who are they?

Oh no! They are meat-eating **Dramaeosaurus**!

12. The scared little **Ankylosaurus** started screaming, "Mommy..."

13. Not far from the baby dinosaur, the **Ankylosaurus** Mommy heard him.

What is that? Could it be...?

14. When you are in danger, this is how you use your hammer.

The hammer is our best weapon to protect us.

15. Hurray! Found my Mommy!

おかあさんをさがす アンキロサウルス

1. たまごがわれていました。だれがでてくるかな？

2. アンキロサウルスだ！

3. あなたはとってもからだがおおきいね。あなたがわたしのおかあさん？

   わたしはあしが 2 ほん、でもきみのあしは 4 ほん。わたしはスピノサウルス。わたしはきみのおかあさんじゃないよ。

4. あなたのあしは 4 ほんで、わたしのあしも 4 ほん。あなたがわたしのおかあさん？

   わたしのしっぽにはとげがあるわ。でも、ハンマーはないの。わたしはステゴサウルス。あなたのおかあさんじゃないわ。

5. あなたのからだにはとげがあって、わたしにもある。あなたがわたしのおかあさん？

   わたしにはとげもあるしスパイクもあるわ。でも、ハンマーはないの。わたしはケントロサウルス。あなたのおかあさんじゃないわ。

6. おかあさん、みつからないなぁ。おやつをたべてきゅうけいしよう。

7. あなたはくさをたべるのがすきなんだね。わたしもくさがだいすき。あなたがわたしのおかあさん？

わたしにはおおきなこぶがあるわ。でも、ハンマーはないの。
わたしはパラサウロロフス。あなたのおかあさんじゃないわ。

8. あなたのあたまにはつのがあるね。わたしにもある。あなたがわたしのおかあさん？

わたしには3ほんのつのがあって、あたまにすこしあながあいているわ。でも、ハンマーはないの。わたしはカスモサウルス。あなたのおかあさんじゃないわ。

9. ハンマー！ハンマー！あなたにもハンマーがある！あなたがわたしのおかあさんでしょ？

わたしにはまるいハンマーが5つもあるの。わたしはユーオプロケファルス。あなたのおかあさんじゃないわ。

10. おかあさんは？

11. とおくからきょうりゅうのむれがやってきました。だれだろう？
あっ、にくしょくのドロマエオサウルスだ！

12. アンキロサウルスはこわくなっておおごえでさけびました。
おかあさ～～～ん！

13. ちかくにいたアンキロサウルスのおかあさんにこえがきこえました。
だれのこえだろう？もしかして…。

14. あぶないときはこうやってやっつけるのよ。このハンマーがわたしたちのいちばんのぶきなんだから。

15. よかった！おかあさんがみつかった！

Khủng long con tìm mẹ

01. Có một quả trứng vỡ ra rồi? Ai thế?

02. Thì ra là một chú khủng long con.

03. Cháu thấy cô rất cao lớn. Cô là mẹ cháu có phải không?

    Cô có hai chân, cháu có 4 chân. Cô là khủng long gai, cô không phải là mẹ cháu.

04. Cô có 4 chân, cháu cũng có 4 chân. Cô là mẹ cháu có phải không?

    Đuôi của cô gai nhọn, nhưng không có chùy. Cô là Khủng long phiến sừng, cô không phải là mẹ cháu.

05. Trên lưng cô có gai nhọn, cháu cũng có gai nhọn. Cô là mẹ cháu có phải không?

    Trên lưng cô có gai nhọn, cũng có bản kiếm, nhưng không có chùy. Cô là khủng long Kentro, cô không phải là mẹ cháu.

06. Tìm không thấy mẹ, hay mình nghỉ tí, ăn tí điểm tâm đã nào!

07. Cô thích ăn cỏ, cháu cũng thích ăn cỏ. Cô là mẹ cháu có phải không?

    Cô có ống mũi dài, đầu lại có diềm, nhưng không có chùy. Cô là khủng long mào kiếm, cô không phải là mẹ cháu.

08. Trên đầu cô có sừng nhọn, cháu cũng có. Cô là mẹ cháu có phải không?

Cô có 3 cái sừng, còn có cái lá chắn hơi chẻ ra trên đầu, nhưng không có chùy. Cô là khủng long Chasmosaurus, cô không phải là mẹ cháu.

09. Cái chùy! Cái chùy! Cô có cái chùy! Cô là mẹ cháu có phải không?

Cái chùy của cô có 5 cái hình cầu, cô là khủng long Euoplocephalu, cô không phải là mẹ cháu.

10. Mẹ ơi, mẹ đang ở đâu?

11. Từ đằng xa chạy đến một bầy khủng long, không biết chúng là ai? Thì ra là một bầy thần lằn chạy ăn thịt!

12. Khủng long con rất sợ, sợ đến nỗi thét thất thanh : Mẹ ơi~~~

13. Mẹ của khủng long con đang ở gần đấy nghe tiếng thét. Tiếng gì thế? Chẳng lẽ là...?

14. Khi gặp nguy hiểm thì cứ đánh chùy như thế. Cái chùy là vũ khí lớn nhất để bảo vệ chúng ta.

15. Tốt quá! Mình đã tìm được mẹ rồi!

越南文版

Kòng-thuî-á-liông tshuē ma-ma

01. Ū tsit liàp nn̄g phuà--khì à, sī siáng?

02. Guân-lâi sī Kòng-thuî-á-liông.

03. Lí tsiok tuā ê neh, lí kám sī guá ê ma-ma?
Guá 2 ki kha, lí 4 ki kha.
Guá sī **Tshì-liông**, m̄ sī lí ê ma-ma.

04. Lí 4 ki kha, guá mā 4 ki kha. Lí kám sī guá ê ma-ma?
Guá ê bué-á ū tshak-tshak, m̄-koh bô kòng-thuî-á.
Guá sī **Kiàm-liông**, m̄ sī lí ê ma-ma.

05. Lí ê sin-khu ū tshak-tshak, guá mā ū. Lí kám sī guá ê ma-ma?
Guá ū tshak-tshak mā ū kiàm-pang, m̄-koh bô kòng-thuî-á.
Guá sī **Khián-liông**, m̄ sī lí ê ma-ma.

06. Tshuē bô ma-ma neh…
Sing lâi hioh-khùn tsit-ē tsiàh tiám-sim!

07. Lí ài tsiàh tsháu, guá mā ài tsiàh tsháu. Lí kám sī guá ê ma-ma?
Guá ū tn̂g-tn̂g ê phīnn-kóng thâu-kuè, m̄-koh bô kòng-thuî-á.
Guá sī **Phīnn-kóng-liông**, m̄ sī lí ê ma-ma.

08. Lí ê thâu ū tsiam-tsiam ê kak, guá mā ū. Lí kám sī guá ê ma-ma?

Guá ū 3 ki kak koh ū sió-khuá-á khui-khui ê thâu-tún, m̄-koh bô kòng-thuî-á.

Guá sī **Khui-kak-liông**, m̄ sī lí ê ma-ma.

09. Kòng-thuî-á! Lí ū kòng-thuî-á! Lí kám sī guá ê ma-ma?

Guá ê kòng-thuî-á ū 5 uân.

Guá sī **Pau-thâu-liông**, m̄ sī lí ê ma-ma.

10. Ma-ma leh?

11. Hn̄g-hn̄g tsáu lâi tsit tīn dinosaur, m̄-tsai sī siáng?

Guân-lâi sī tsit-tīn tsiảh bah ê **Tsáu-liông**!

12. **Kòng-thuî-á-liông** kiann kah tuā siann kiò:

Ma-ma~~~

13. Tī hū-kīn ê Kòng-thuî-á-liông ma-ma thiann--tiỏh:

Siánn-mih siann? Kám-sī...?

14. Tú-tiỏh huî-hiám ê sî-tsūn, tiỏh-sī ài án-ne kòng.

Kòng-thuî-á sī pó-hōo lán siōng hó ê bú-khì.

15. Tsiok tsán--ê! Tshuē tiỏh ma-ma ah!

A-ú ê dinosaur Tô -kàm

02

Bô-chhùi-khí ê poe-liông
Pteranodon

01

Bí-kah-liông
Saichania

04

Chhàng-liông
Cryptoclidus

03

Cháu-liông
Dromaeosaurus

05 Chhì-liông
Spinosaurus

06 Chhùi-liông
Rhamphorhynchus

07 Chiok chē chhì ê kak-liông
Styracosaurus

08 Chit-kòe-liông
Monolophosaurus

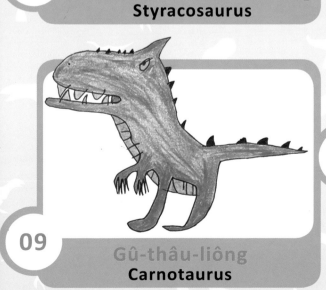

09 Gû-thâu-liông
Carnotaurus

10 Hî-liông
Ichthyosaurus

QRCODE
請掃我‧聽語音

11

Hoān-liông
Hoān-liông
Nothosaurus

12

Hong-sîn poe-liông
Quetzalcoatlus

13

Iá-gû-liông
Einiosaurus

14

În-thâu-liông
Camarasaurus

15

Kak-phīⁿ-liông
Ceratosaurus

16

Kāu-thâu-liông
Pachycephalosaurus

17

Kha-jiáu-liông
Deinonychus

18

Khián-liông
Kentrosaurus

19

Khîm-liông
Iguanodon

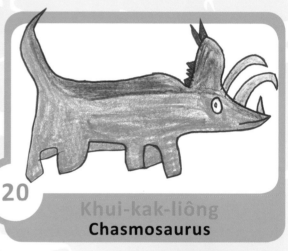

20

Khui-kak-liông
Chasmosaurus

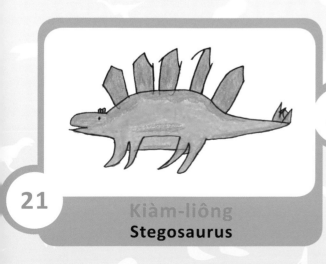

21

Kiàm-liông
Stegosaurus

22

Kòng-thûi-á-liông
Ankylosaurus

QRCODE
請掃我 · 聽語音

23

Kó͘-sîn poe-liông
Tapejara

24

Lâm-hong tōa-chiah-liông
Giganotosaurus

25

Má-bûn-khe-liông
Mamenchisaurus

26

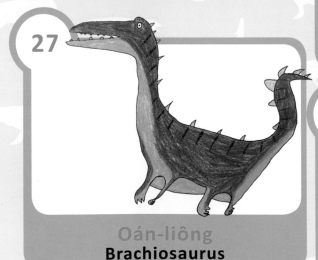

Niû-liông
Diplodocus

27

Oán-liông
Brachiosaurus

28

O͘-sūi-la-liông
Herrerasaurus

29 Pán-liông
Plateosaurus

30 Pau-thâu-liông
Euoplocephalus

31 Phīⁿ-kóng-liông
Parasaurolophus

32 Phok-phīⁿ ê poe-liông
Tropeognathus

33 Poe-liông
Pterodactylus

34 Póh-pán-liông
Elasmosaurus

35

Pȯk-sò-liông
Tyrannosaurus

36

Saⁿ-kak-liông
Triceratops

37

Siang-hêng-khí poe-liông
Dimorphodon

38

Siang-kòe-liông
Dilophosaurus

39

Siû-chúi-liông
Liopleurodon

40

Tāng-liông
Barosaurus

42
Tē-tāng-liông
Seismosaurus

41
Te̍k-sû ê po̍k-sò-liông
Tarbosaurus

44
To-á-liông
Therizinosaurus

43
Thau the̍h nn̄g ê liông
Oviraptor

45
Ū ú-mô͘ ê chha̍t-á-liông
Velociraptor

Tú-tiỏh Kha-jiáu-liông, kín bih--khí-lâi.

....

☹ Thè 1 keh

Chhiáⁿ kóng-chhut chit-chióng Dinosaur ê miâ.

....

☺ ▶ Chìn 1 keh
☹ ▶ Thè 1 keh

Chhōe-tio̍h ma-ma ah

...óe-soaⁿ
...ok-chà.

🙁 Thè 3 keh

...hia̍h tio̍h hó-
...ia̍h ê kóe-chí.

🙂 Chìn 1 keh

Chhiáⁿ mn̄g kòng-thûi-á-liông ê bú-khì sī siáⁿ?

🙂 ▶ Chìn 1 keh
🙁 ▶ Thè 1 keh

13

8

Tú-tio̍h Khián-liông tàu pò-lō.

🙂 Chìn 2 keh

...thau the̍h nn̄g
...ông ê nn̄g kòng-
...ba.

🙁 Thè 1 keh

10

成大台語教學資源

繪　圖　**A-ú** / 蔣台宇

文林幼稚園大班

作　者

Tâi-oân ê ma-ma
- 國立台灣師範大學台灣語文學系博士候選人
- 目前是全職 ê 台語媽媽